Jean Baptiste Charles Levieux

Quelques observations de phlébite suite de saignées, recueillies à l'Hôtel-Dieu de Bordeaux

Antigonos

Jean Baptiste Charles Levieux

Quelques observations de phlébite suite de saignées, recueillies à l'Hôtel-Dieu de Bordeaux

Réimpression inchangée de l'édition originale de 1839.

1ère édition 2024 | ISBN: 978-3-38605-729-5

Antigonos Verlag est une marque de Outlook Verlagsgesellschaft mbH.

Verlag (Éditeur): Outlook Verlag GmbH, Zeilweg 44, 60439 Frankfurt, Deutschland
Vertretungsberechtigt (Représentant autorisé): E. Roepke, Zeilweg 44, 60439 Frankfurt, Deutschland
Druck (Imprimerie): Libri Plureos GmbH, Friedensallee 273, 22763 Hamburg, Deutschland

QUELQUES

OBSERVATIONS DE PHLÉBITE

SUITE DE SAIGNÉES,

RECUEILLIES A L'HÔTEL-DIEU DE BORDEAUX,

PENDANT

les mois de mai et juin 1839,

MÉMOIRE

lu à la Société de médecine, le 12 août 1839 ;

Par M. Ch. Levieux,

INTERNE-ADJOINT A L'HÔTEL-DIEU, PROSECTEUR A L'ÉCOLE SECONDAIRE
DE MÉDECINE.

BORDEAUX,

Chez H. GAZAY, imprimeur de la Société de médécine,

14, rue Gouvion.

QUELQUES

OBSERVATIONS DE PHLÉBITE;

SUITE DE SAIGNÉES,

RECUEILLIES A L'HOTEL-DIEU DE BORDEAUX,

Pendant les mois de mai et juin 1839;

Par M. **LEVIEUX**, interne adjoint à l'Hôtel-Dieu-Saint-André.

> « La présence du pus dans le sang, peut
> « être considérée comme un véritable em-
> « poisonnement. »
>
> ANDRAL, *clinique médicale*,
> vol. III, p. 538.

L'inflammation des veines a été primitivement tout à fait ignorée; puis est venue une époque où les accidents produits par elle ont été attribués à la piqûre d'un tendon ou d'un nerf. Les premiers auteurs, qui ont soupçonné l'existence de la phlébite, paraisssent même l'avoir confondue avec l'artérite. Il faut arriver jusqu'à Meckel, Hunter, Abernethy, pour trouver quelques notions un peu positives sur cette maladie. Ce n'est, enfin, que de nos jours, grâce aux travaux de MM. Breschet, Danse et Cruveilher, que la phlébite a été envisagée sous toutes ses phases, décrite dans toutes ses périodes, et occupe une place importante dans toutes les nosographies.

Mon but n'est donc pas ici, de reproduire l'histoire de cette affection, d'en étudier d'une manière générale les causes, les symptômes, la marche, le prognostic et le traitement (*) ; mais, témoin dans l'Hôtel-Dieu de Bordeaux, de plusieurs cas de phlébite, à la suite de saignées, pendant les mois de mai et juin derniers, je viens raconter ce que j'ai vu...... Puisse cet ensemble de faits, en augmentant le nombre de ceux observés jusqu'à ce jour, élucider les points de la question qui seraient encore restés dans l'ombre ! Puisse leur différence ou leur analogie, faire naître quelques déductions théoriquement ou pratiquement utiles ! ! Telle est la pensée qui préside à ce travail.

Négligeant dans l'énumération de cette série de faits un ordre chronologique qui me paraît assez peu important, j'en formerai deux classes distinctes.

Dans la première, se rangent ce que quelques auteurs ont appelé pseudo-phlébites, phlébites légères, phlébites au 1er degré.

Dans la seconde, trouvent leur place, les phlébites graves, phlébites véritables ; les unes suivies de guérison, les autres de mort avec l'examen nécroscopique de chacune d'elles.

PREMIÈRE PARTIE.

Cas prétendus de phlébite. — phlébites légères ou au 1er degré.

Première observation. — Anne Bitard, âgée de vingt-trois ans, domestique (Dordogne), entre à l'Hôpital le 14 mai 1839, salle 7, n° 23 (service de M. Perrin).

(*) Consulter à cet égard, non seulement les ouvrages classiques modernes, mais un mémoire de M. Henry Martin, d. m. m., qui a été couronné par la Société de médecine de Bordeaux, dans sa séance du 6 septembre 1834.

Elle a la peau brune, les cheveux noirs, les yeux vifs, les pommettes colorées. Les fréquentes maladies qu'elle a éprouvées, paraissent toujours avoir eu pour siége les organes respiratoires ; tout annonce chez elle une grande disposition phlogistique.

Traitée actuellement pour une pneumonie avec soupçon de tubercules crus dans les poumons, quatre saignées furent pratiquées, dont l'une au bras droit le 25 mai. Deux jours après, la piqûre était cicatrisée, mais ses environs étaient rouges, tuméfiés et douloureux.

Le lendemain, la tumeur était plus étendue, la rougeur plus vive, et la douleur très-intense.

Trait. (application de dix sangsues ; le bras est plongé dans un bain tiède).

29 mai. — Une ligne rosée mais superficielle, indique le trajet de la veine céphalique ; la douleur s'est propagée jusqu'à l'aisselle ; les ganglions sont engorgés ; il y a de la céphalalgie, un peu de douleur épigastrique et de la fièvre.

Trait. (Nouvelle application de dix sangsues ; deux bains de bras ; deux frictions mercurielles ; cataplasmes.)

30 mai. — Les mouvements du bras sont difficiles ; la plaie est béante, il s'en écoule une sérosité limpide ; il y a moins de tension, moins de douleur, peu de céphalalgie ; la fièvre a cédé. (Même traitement).

3 juin. — Agglutination des lèvres de la plaie ; celle-ci surmonte une tumeur fluctuante, qui est vidée par la simple pression, et de laquelle s'écoule à peu près demi-once de sérosité purulente.

(Suspension du traitement ; bandage compressif).

8 juin. — La tuméfaction et la rougeur n'existent plus ; les mouvements du membre s'exécutent facilement et sans douleur ; la guérison est définitive.

Deuxième observation. —Marie Chagneau, soixante ans (Bordeaux), salle 7, n° 12.

Atteinte de bronchite aiguë, cette femme est saignée au bras droit, le même jour qu'Anne Bitard. Des accidents identiques ne tardèrent pas à se déclarer ; l'état local fut le même, peut-être un peu plus intense ; même succession de symptômes ; fièvre ; céphalalgie, et de plus état saburral des voies digestives.

Quelques purgatifs doux suffirent pour faire disparaître cette complication, et sous l'influence du traitement local indiqué dans l'observation précédente, la guérison complète le 8 juin, fut un nouveau titre d'analogie entre ces deux faits.

Troisième observation. — Le nommé J. Pandelin, âgé de seize ans, de Pau (Basses-Pyrénées), d'une constitution robuste, et d'un tempérament pléthorique, se présente à la consultation gratuite de l'Hôpital-Saint-André. Une saignée est prescrite par M. le chef interne, et pratiquée à l'instant par le chirurgien de service (20 mai 1839). Cinq jours après, ce jeune homme revient avec le bras en écharpe, paraît éprouver de vives douleurs, ne peut exécuter le plus léger mouvement d'extension.

Il est reçu, salle 11 n° 36 (service de M. Chaumet, chirurgien en chef).

Les lèvres de la piqûre sont béantes ; une sorte d'érysipèle phlegmoneux enveloppe le pli du bras ; la chaleur est ardente, la douleur vive ; elle suit le trajet de la basilique, s'est déjà propagée jusqu'au creux axillaire ; mais vient surtout retentir avec force à la région cubitale ; le malade est inquiet, ne repose pas la nuit, cependant, tout est encore purement local.

Une application de sangsues, des frictions mercurielles, des lotions émollientes, amenèrent une résolution prompte, et une compression méthodique acheva la guérison en peu de jours.

A ces observations, je pourrais joindre celles de plusieurs autres malades qui, dans divers services, ont offert, toujours par suite de saignées, des accidents de même nature, mais trop peu sérieux pour être signalés. Quelques frictions mercurielles et des applications émollientes ont suffi pour en arrêter le développement. Tout récemment encore, nous venons d'observer ces premiers phénomènes chez une malheureuse jeune femme, qui n'a survécu que peu de jours aux mauvais traitements de son mari.. L'autopsie a démontré qu'à ce degré, bien qu'un foyer purulent se fut déjà formé au-dessous de la veine, celle-ci était encore exempte d'inflammation.

RÉFLEXIONS.

Ce serait une erreur, ce me semble, de croire à l'existence d'une phlébite, toutes les fois qu'à la suite d'une saignée, on voit se développer des phénomènes de phlogose, autour de la piqûre. La veine est séparée des téguments par un tissu cellulaire, lâche, et prompt à s'enflammer sous l'influence des causes les plus légères. Au pli du bras surtout, lieu ordinaire d'élection pour la saignée, existe un espace triangulaire que traversent le tendon du biceps, les vaisseaux et nerfs du bras, et qui dans le reste de son étendue est comblé par du tissu cellulaire. Or, Il arrive que la piqûre faite à la peau s'enflamme; que cette inflammation se propage rapidement aux tissus sousjacents; que des couches superficielles, elle gagne les couches profondes, se manifestant toujours à l'extérieur, par l'ensemble des phénomènes qui la constituent; qu'enfin, poursuivant ses périodes, une exhalation plus abondante a lieu..; que de la sérosité s'accumule; que du pus se forme en quantité variable, et qu'il s'établit un foyer quelquefois superficiel, souvent profond, mais en dehors de la veine encore intacte et parfaitement saine.

La phlébite n'existe donc encore qu'en apparence. Il est vrai que pour base de diagnostic on ne prend pas des symptômes fugitifs, des apparences, des soupçons, quand surtout il existe d'autres phénomènes qui peuvent servir à justement apprécier la nature de l'affection ; tels que l'engorgement des ganglions axillaires, la trace rouge qu'offre le trajet de la veine, enfin l'état général du malade !

Mais ne voit-on pas fréquemment une simple piqûre au doigt, suivie de tuméfaction dans la région axillaire, de tension douloureuse et de rougeur dans le trajet des veines (*), enfin accompagnée quelquefois

---

(*) La tension et la rougeur, si souvent observées en cas pareil, s'expliquent facilement, le trajet des lymphatiques étant à peu près le même que celui des veines.

de graves complications? Ce n'est cependant pas une phlébite à son début, à moins d'admettre, avec M. Cruveilher, que toute inflammation a son siège dans les capillaires veineux, qu'en d'autres termes, *toute inflammation est une phlébite capillaire.*

C'est-à-dire que, ces symptômes même, bien que signalés comme caractère essentiel de la phlébite commençante, offrent des nuances qui les rendent souvent douteux, et ne deviennent signes pathognomoniques de l'inflammation des veines, qu'à certaines conditions que nous signalerons plus tard, à l'article du diagnostic différentiel.

Quant aux observations précédentes, il ne s'agissait évidemment que de légers érysipèles, de phlegmons très-circonscrits, survenus à la suite d'une saignée, comme nous les voyons naître chaque jour à la suite de toute autre lésion de la peau ; et c'est à tort, rigoureusement parlant, que je les ai rangées sous le titre de *Phlébites Légères ou au 1ᵉʳ degré.*

DEUXIÈME PARTIE.

Phlébites graves ou au deuxième degré.

Quatrième observation. — Salle 16 nᵒ 9. (Service de M. Perrin.)

Jean Legaff, vingt-six ans, marin, très-pléthorique et d'une forte constitution, est traité depuis sept jours pour une fièvre quotidienne ; il est sur le point de quitter l'Hôpital quand, se plaignant de céphalalgie avec vertige, il est saigné au bras droit, le 28 avril au soir. Deux jours après, il n'y a plus de céphalalgie, plus de vertiges ; le malade se dispose à sortir, quand des douleurs lancinantes au pli du bras, l'engagent à se débarasser de la bande qu'il porte encore et à la compression de laquelle, il attribue ses souffrances. La petite plaie n'est pas encore cicatrisée, un cercle rouge la circonscrit ; un peu d'empâtement s'observe dans les tissus environnants.

Trait. (Application d'un cataplasme laudanisé.)

Le lendemain, la douleur est déjà devenue plus vive, le trajet de la veine céphalique est indiqué par un cordon rouge, saillant et douloureux, que l'on suit distinctement jusqu'à la partie supérieure de l'épaule. Une auréole inflammatoire, de la grandeur d'une pièce de cinq francs, entoure la plaie dont les lèvres sont béantes et tuméfiées. Il s'en écoule goutte à goutte, une sérosité limpide. Ces symptômes locaux sont accompagnés de fièvre avec céphalalgie frontale, lancinante, douleur épigastrique, accrue par la pression ; anorexie, et soif vive ; la langue devient sèche, rouge sur les bords et à sa pointe ; la face se congestionne ; les traits s'altèrent ; l'agitation est extrême.

Trait. (Application de vingt sangsues sur le trajet de la veine).

A leur chute (9 heures du matin), le bras est plongé dans un bain émollient tiède d'où il n'est retiré qu'à 3 heures de l'après-midi.

5 mai. — Les symptômes persistent ; la douleur du bras est plus vive ; la tuméfaction et la rougeur ont envahi l'avant-bras, et remontent jusqu'à l'aisselle dont les ganglions sont tuméfiés et très-douloureux.

Le malade n'a pas reposé un seul instant ; son anxiété est d'autant plus grande, que les soins empressés dont on l'entoure, lui font mieux comprendre la gravité de son état.

Trait. Frictions mercurielles, 2 onces par jour : deux bains de bras émollients ; cataplasmes laudanisés.

6 mai. — Pas la plus légère amélioration ; face congestionnée ; peau brûlante ; fièvre intense ; langue noire et râpeuse ; soif vive ; délire la nuit. La tuméfaction du membre a augmenté. Il est œdémateux dans toute son étendue. La sérosité qui s'écoulait par la plaie, s'est épaissie et est devenue purulente.

Trait. Nouvelle application de vingt sangsues ; continuation des frictions mercurielles à la même dose ; huile de ricin trois onces pour combattre une constipation qui dure depuis huit jours.

8 mai. — Amélioration subite de l'état général et de l'état local. Une résolution presque complète s'est opérée depuis la veille. La langue est humide, la peau souple ; le malade ne se plaint que de la bouche.

Trait. Cessation des frictions mercurielles ; ponction d'un abcès qui s'est formé au pli du bras.

10 mai. — Ulcération des gencives et de la muqueuse buccale ; salivation abondante. Le malade est très-inquiet ; mais le ptyalisme qui, s'il n'a pas produit la disparition instantanée des symptômes inflammatoires, a du moins coïncidé avec elle, ne résiste pas longtemps aux gargarismes astringents, aux boissons acidules, à l'application constante de la glace sur les régions parotidiennes, à quelques légers purgatifs ; et déjà il

ne reste plus au malade que le souvenir de son mal. Il sort parfaitement guéri le 20 mai 1839.

Cinquième observation. — La nommée Rose Gillot, de Nantes, âgée de cinquante-deux ans, chanteuse, entre le 14 mai 1839 dans la salle 3 (service de M. Pereyra). Cette femme, quoique douée d'une assez bonne constitution, paraît usée par le besoin et la fatigue; le système nerveux a une telle prédominance, que la plus légère émotion lui occasione une douleur vive. Elle est atteinte d'hémoptisie avec angine, et c'est pour cette affection que deux saignées furent pratiquées à la malade, la première au bras droit, la seconde au bras gauche; c'est celle dont les suites fâcheuses font le sujet de cette observation.

Dès le lendemain de l'opération, des symptômes de phlogose se manifestèrent; on crut les enrayer par les moyens locaux ordinaires; mais loin de s'améliorer, l'état de la malade ne tarda pas à prendre un caractère de gravité, qui ne permit plus de douter de la nature de l'affection.

Transférée le 24 mai, salle 1, n° 7, service de chirurgie, la malade était dans l'état suivant :

Bras rouge, tuméfié, et très-douloureux dans l'étendue d'un pouce et demi au-dessus de la piqûre, et d'un pouce au-dessous. Élévation considérable de la température du membre. La douleur est lancinante; elle suit le trajet de la veine de bas en haut, et retentit jusqu'au cœur où elle devient vague et profonde. Les lèvres de la piqûre sont tuméfiées et béantes; elles donnent passage à une sérosité limpide abondante : le trajet de la veine est représenté jusqu'à l'aisselle, par un cordon tendu et d'un rouge vif. L'œdème a déjà envahi une grande partie du membre.

Cet état local se complique d'un appareil de symptômes qui font mal augurer de la terminaison de la maladie, bien qu'elle soit encore à son début.

Langue saburrale; bouche pâteuse; anorexie; soif vive; douleur épigastrique, pongitive, accrue par la pression; constipation depuis huit jours; céphalalgie sus orbitaire alternativement gravative et lancinante; excitation cérébrale sans délire; insomnie; pandiculations; bâillements fréquents; pouls plein, vif et irrégulier; le cœur bat avec force; la malade éprouve des langueurs, des sortes de défaillances qu'elle rapporte à l'estomac; la peau est sèche et brûlante; le moral paraît affecté.

Trait. sulfate de quinine / Camphre. .... } aa. 8 ^{grs} p. une potion; boissons acidules froides; lavements purgatifs; frictions mercurielles sur le bras; cataplasmes laudanisés.

Cet état reste stationnaire pendant deux à trois jours; mais le 28 mai, la phlegmasie locale a fait des progrès, surtout vers la partie supérieure, et a pris tous les caractères de l'érysipèle phlegmoneux. Des phlictènes se remarquent en divers points, et, au milieu de l'œdème de tout le membre, une fluctuation obscure se fait sentir vers la partie supérieure et externe du bras; une large incision est pratiquée au niveau de la portion externe du triceps; il s'en écoule une grande quantité de sérosité sanguinolente.

Cet état se compliqua bientôt des symptômes généraux les plus graves; la langue devient noire et luisante; les dents fuligineuses; les gencives livides; les lèvres froides; les narines sèches et dilatées; la fièvre s'allume avec une intensité nouvelle; la peau est sèche et brûlante; les yeux sont étincelants et fixes; il y a de l'agitation, de l'insomnie, du délire la nuit; dans ses moments de calme, la malade se plaint d'anxiété prœcordiale, de sentiment continuel de syncopes; la fièvre prend un type intermittent, et revient chaque jour avec délire vers trois heures du soir, pour ne s'apaiser qu'au milieu de la nuit.

Cette intermittence ne tarda pas à céder à l'usage du sulfate de quinine, à la dose de douze grains, et quatre jours après, la maladie avait changé d'aspect, mais n'offrait pas moins de gravité. Au délire, avait succédé le coma; à l'agitation, l'adynamie la plus complète; la langue continuait à être sèche et noire; la constipation persistait avec une désespérante opiniatreté; le pouls était petit et lent; la malade était constamment couchée sur le dos, la tête renversée en arrière; ses membres étaient roides et froids; on observait des soubresauts de tendons très-rapprochés; les joues étaient creuses; les paupières demi-ouvertes laissaient entrevoir des yeux ternes et fixes, en un mot, la face était cadavérique, et n'offrait d'autre indice de vie, que quelques contractions irrégulières et convulsives; la voix était éteinte, tous les sens frappés de stupeur. Une salive spumeuse et gluante imbibait ses lèvres, elle faisait de vains efforts pour l'avaler. Tout enfin, annonçait une fin prochaine, même l'aspect du membre malade qui était devenu livide, froid et comme flétri.

Vingt-quatre heures se passèrent dans cet état, voisin de la mort contre lequel des vésicatoires camphrés, des sinapismes furent employés comme dernière ressource. Ces dérivations actives rehaussèrent les forces de la malade, qui, contre toute attente, offrit en peu de temps une sensible amélioration. Une suppuration abondante et fétide s'écoulait des plaies du bras, et surtout des vésicatoires qui déja avaient revêtu l'aspect d'ulcères gangréneux ; mais tous les symptômes alarmants, avaient disparu ; il ne restait plus qu'un abattement profond, lorsque l'inflammation locale reprenant le dessus, et poursuivant sa marche rapide toujours sous la même forme; la face, le cou et la poitrine furent bientôt le siége d'un érysipèle phlycténoïde, qui semblait devoir porter le dernier coup à l'existence de cette malheureuse. Mais des lotions stibio opiacées (*) arrêtèrent ses progrès, et amenèrent en vingt-quatre heures une résolution complète.

La malade resta longtemps plongée dans une adynamie profonde ; sa convalescence fut longue et pénible, mais couronnée enfin d'une guérison définitive, après quatre-vingt-dix jours de souffrance, et surtout après avoir échappé à tant de chance de mort!!

Sixième observation. — J. Miailhe, trente-cinq ans, jardinier, de Bègles, entré le 28 mai 1839, salle 14 (service de M. Pereyra), est atteint de fièvre quoti-

---

(*) Opium, trois onces. Emétique, vingt grains. Eau, un litre.

dienne. Une saignée est prescrite et pratiquée au bras droit. Ce n'est que huit jours après, quand déjà la piqûre était parfaitement cicatrisée, que des symptômes d'inflammation apparurent autour d'elle sans cause connue. Vainement combattus par des applications émollientes, ils prirent un développement si rapide, qu'en moins de vingt-quatre heures, tout le membre supérieur devint le siége de tuméfaction considérable, d'œdème, de rougeur, et surtout de douleurs vives. La veine offrait dans tout son trajet un cordon dur et profond ; les ganglions axillaires étaient engorgés ; enfin, on observait à leur plus haut degré tous les symptômes locaux de la phlébite.

Cet état ne tarda pas à se compliquer de phénomènes dont le développement instantané et la marche foudroyante inspirèrent de justes craintes sur l'issue de la maladie. Tous les symptômes signalés dans l'observation précédente, tels que la fuliginosité des dents et des gencives, l'égarement des yeux, l'altération des traits, la crispation du visage, la fièvre ardente, l'insomnie, l'agitation, et même le délire furieux s'étaient déjà manifestés au quatrième jour, et ne laissaient que bien peu d'espoir.

En présence de ces phénomènes effrayants, par leur gravité et surtout par la rapidité de leur développement, il vint à l'interne de la salle, M. Monnereau, à qui je dois ces détails, l'heureuse idée qu'ils étaient peut-être entretenus par l'exagération de l'inflammation locale, arrivée à son plus haut degré d'intensité. Pour la modifier, comme en désespoir de cause, trois incisions larges et profondes sont pratiquées en divers points du membre, sans aucun indice de fluctuation même obscure; du sang pur et vermeil d'abord, et plus tard de la sérosité en abondance s'écoulèrent des plaies. La résolution du membre s'opère peu de temps après, et avec elle, plus de délire, plus de fièvre; amélioration sensible et presque subite de l'état général du malade.

Ces trois plaies qui fraîches encore offraient l'aspect d'une épaisse couche de lard divisée, furent livrées à la suppuration.

Antiphlogistiques; émollients; boissons délayantes dans le début; débridements des parties au moment de la plus vive inflammation; quelques toniques dans la dernière période; des pansements réguliers et fréquents; enfin, une compression méthodique, tel est le traitement qui a amené une parfaite et prompte guérison.

Septième observation. — Au nº 9 de la même salle, le nommé Vincent Plantey, âgé de quarante et un ans, charbonnier, natif de Salles, est traité depuis trente-deux jours pour une myélite; saigné au bras droit, le 7 mai 1839, il se livre toute la journée à un travail de tricot. Lorsque la bande qui enveloppait son bras, fut enlevée deux jours après, les premiers symptômes de la phlébite étaient déjà très-manifestes.

Il est digne de remarque que, dans le cas précédent, huit jours se sont écoulés entre la phlébotomie et l'apparition des symptômes inflammatoires, lorsque dans celui qui nous occupe, ils ont éclaté après vingt-quatre heures. Aussi dans l'un, la maladie a-t-elle marché avec une rapidité effrayante, tandis que dans l'autre, les phénomènes morbides se sont succédé graduellement et peut-être avec moins d'intensité.

A part ces différences notables d'invasion, de marche, et d'intensité, il existe entre ces deux faits, une analogie telle, que je me dispenserai d'une énumération de symptômes qui peut-être même ne serait qu'incomplète, dans un cas que je n'ai pu suivre jour par jour et observer dans ses moindres détails. Cette raison m'eût peut-être même engagé à le passer sous silence si, comme le fait qui précède, il n'offrait un phénomène bien digne de remarque, et donnant lieu à une question trop essentiellement pratique pour ne pas s'y arrêter un instant. Je veux parler de l'amélioration qui s'est manifestée instantanément, à la suite d'incisions profondes, faites sur un membre où il n'existait pas de collection purulente.

Y a-t-il entre ces deux faits un rapport de causalité ou un simple rapport de coïncidence? En d'autres termes, est-ce par les débridements que doit s'expliquer la guérison? Examinons :

La phlébite peut être primitive ou secondaire ; elle est primitive, lorsque l'inflammation a pour point de départ, une des tuniques veineuses et surtout l'interne. Elle est secondaire, lorsque la phlogose commence par les tissus extérieurs, la peau, par exemple, et se propage à la veine, par continuité de tissus. Cette division, qui paraît au premier abord tout à fait étrangère à la question qui nous occupe, a cependant avec elle des points de connexion intime. Et en effet, que l'on ait affaire à une phlébite primitive; que l'inflammation ait débuté par la tunique interne; qu'elle se soit propagée, étendue vers le cœur; qu'elle ait exercé de dedans en dehors, son action désorganisatrice; qu'elle ait donné lieu à des réactions symphatiques graves ; qu'enfin elle soit arrivée à son *summum* d'intensité; alors, je le demande, de quelle utilité, de quel avantage pourront être des incisions quelque profondes qu'on les fasse? Elles pourront tout au plus donner lieu à un écoulement de sang, que l'on pourrait facilement obtenir d'une toute autre manière et sans s'exposer aux mêmes dangers. L'inflammation, qui a pour siége primitif la veine elle-même, n'en continuera pas moins sa marche, et tant qu'elle ne cèdera pas, les symptômes généraux persisteront. Qu'auront donc fait les incisions?

Mais qu'au contraire, l'inflammation ait pris son point de départ dans les tissus extérieurs à la veine; qu'elle y soit arrivée même à son plus haut degré; qu'après avoir retenti sur l'organisme tout entier, elle soit enfin sur le point d'envahir de dehors en dedans les tuniques veineuses; qu'en d'autres termes, la phlébite soit secondaire, les incisions, faites à cet instant, seront toutes puissantes, elles agiront à la manière des débridements dans le panaris, elles feront taire les phénomènes inflammatoires, au moment où ils envahissaient le vaisseau; arrêteront subitement leurs progrès; enfin, seront aussi avantageuses qu'elles eussent été inutiles et même dangereuses dans le cas précédent.

Or, pourquoi ne pas admettre que dans la septième

et la huitième observations, la cessation brusque des symptômes inflammatoires ait eu lieu sous l'influence immédiate des incisions?

On avait affaire, non pas à une phlébite primitive, mais à un érysipèle phlegmoneux qui avait débuté par la peau, gagné le tissu cellulaire, enfin la tunique veineuse, à commencer par l'externe. Alors, les incisions, en donnant issue à une sérosité abondante, en mettant à l'aise, si je puis parler ainsi, des tissus bridés dans une gaine fibreuse inextensible, ont diminué le gonflement, la tension, la douleur; ont appaisé l'inflammation extérieure, et par suite ont enrayé sa marche vers les parties profondes, d'où est résulté une amélioration subite de l'état général, dont la liaison avec l'état local est si intime.

Pour me résumer, je crois que dans la phlébite primitive les incisions sont plus dangereuses qu'utiles, tandis que dans la phlébite secondaire, et c'est peut-être la plus fréquente, elles doivent être pratiquées avec confiance et largement, sans attendre qu'il y ait de collection purulente. Quant au choix du moment où elles deviennent nécessaires, du lieu où elles doivent être pratiquées, c'est à l'expérience du chirurgien et à ses connaissances anatomiques de le guider.

Après ces quelques mots sur le traitement chirurgical de la phlébite, passons à celles qui ont été suivies de mort. Peut-être aurait-on pu en faire une catégorie à part? Mais pourquoi séparer des cas de même nature, quand ils ne diffèrent que par une issue heureuse ou fatale?

Huitième observation. — **André Pigier**, âgé de vingt ans, tanneur (Isère), est doué d'une constitution athlétique, atteint de fièvre tierce depuis dix jours; il est saigné au bras droit le 14 mai 1839, jour de son admission à l'Hôpital, salle 14 (service de M. Pereyra), la piqûre était parfaitement cicatrisée le lendemain quand le malade se débarrassa de la bande qui enveloppait son bras. Le troisième jour, il ressentit une vive douleur au pli du bras, et déjà une auréole inflammatoire se remarquait autour de la piqûre dont les lèvres étaient béantes; le trajet de la veine ne tarda pas à devenir rouge, douloureux et saillant. Il y eut bientôt de la tension et de la chaleur dans tout le membre; les douleurs devenaient de plus en plus vives, et surtout le moral du jeune malade était très-abattu, impressionné déjà par la vue de deux autres malades gisant à ses côtés, presque mourants pour le même motif.

Le 18, à la visite du matin, vingt sangsues sont appliquées sur le trajet des vaisseaux axillaires; le 20, la fièvre s'est allumée; on prescrit une potion avec sulfate de quinine : petit lait, 2 prises; les applications émollientes locales sont continuées.

Le 22, l'affection a pris un caractère grave; le malade paraît de plus en plus affecté de l'état de ses voisins; pour le soustraire à cette influence fâcheuse, il est transféré salle 11, n° 23, où nous l'avons observé. Il était dans l'état suivant.

Etat du bras. — Petite plaie transversale et béante, donnant issue à une sérosité limpide et jaunâtre, et surmontant une tumeur diffuse dont les limites sont en haut l'insertion humérale du deltoïde, et en bas l'attache radiale du rond pronateur; c'est à peu près à cette étendue que se bornent la rougeur, l'œdème, et tous les phénomènes inflammatoires; la douleur seule paraît ne pas être circonscrite dans des bornes aussi étroites; elle suit tout le trajet du vaisseau, et va se perdre dans la région axillaire, dont les ganglions sont tuméfiés.

Habitude extérieure. — Décubitus dorsal; immobilité constante; roideur des membres; tête renversée en arrière : yeux saillants; paupières demi-abaissées; narines sèches et dilatées; lèvres fendillées et entr'ouvertes; traits profondément altérés.

Appareil digestif. — Langue sèche, râpeuse, rouge sur ses bords et à sa pointe, noire au milieu et vers sa base; soif que rien ne peut apaiser; anorexie complète; constipation depuis neuf jours; l'épigastre et l'abdomen sont indolores, ce dernier est légèrement météorisé.

Appareil respiratoire. — Thorax également développé des deux côtes; matité sur la partie latérale de cette cavité; respiration courte et saccadée; cette partie n'est le siége d'aucune douleur.

Appareil circulatoire. — Peau brûlante; face injectée. L'artère radiale du côté sain donne cent trente-six à cent quarante pulsations par minute; du côté malade, la vitesse et la ténuité du pouls ne permettent pas de compter les pulsations. Les carotides battent avec violence. Le cœur est remarquable par l'irrégulalarité, la fréquence et la force de ses contractions.

Appareil sécréteur. — Sueurs visqueuses et partielles, s'observant particulièrement aux membres thoraciques, et à la partie supérieure de la poitrine ; urines rares et limpides ; leur émission est facile.

Appareil sensitif. — Céphalalgie, tantôt gravative, tantôt lancinante ; divagations à certaines heures du jour, délire la nuit ; coma presque constant ; pupilles dilatées ; yeux ternes et fixes ; le malade ne reconnaît pas les personnes qui lui prodiguent des soins ; il ne comprend plus quand on lui parle ; il ne sait que balbutier quelques mots, et encore d'une voix éteinte. Carphologie ; soubresauts de tendons ; contractions irrégulières des muscles de la face. Tel était l'état du jeune malade, quand nous l'observâmes pour la première fois, le 23 mai, à la visite du matin.

Traitement. — Application de vingt sangsues sur le trajet de la veine enflammée ; compresses résolutives à leur chute, et bandage compressif ; tisane de chiendent édulcorée avec sirop d'orgeat ; petit lait avec nitrate de potasse, vingt grains.

Sulfate de quinine, douze grains,
Extrait de quinquina, demi-gros,   Pour une potion.
Opium, deux grains.

A la visite du soir, il n'y a pas d'amélioration ; nouvelle application de vingt sangsues au creux axillaire ; vésicatoires camphrés aux jambes ; continuation de la médication interne.

Le 26, le malade est légèrement mieux ; la langue est moins sèche, le pouls plus régulier ; il n'y a pas de délire ; le bras est moins tuméfié et peu douloureux ; on insiste sur la compression ; des lotions sont répétées tous les quarts d'heure, avec l'eau blanche froide.

L'amélioration persiste tout le jour, mais vers le soir, l'agitation devient extrême, le malade pousse des cris.... Il délire toute la nuit.

Le 25, au pansement du matin, le bras n'offre plus ni tuméfaction ni rougeur ; il est à peine douloureux ; la compression paraît avoir eu les meilleurs résultats ; mais tous les symptômes généraux primitifs ont reparu avec une nouvelle intensité. La langue est sèche et noire ; le pouls est revenu à cent quarante pulsations par minute ; il se fait un suintement sanguin par le nez ; l'oppression est extrême ; le coma profond.. Il y a de la carphologie ; les yeux sont ternes et fixes ; la face est rouge et tuméfiée.

Trait. Dix sangsues sont appliquées à chaque apophyse mastoïde, et deux vésicatoires camphrés aux cuisses.

A trois heures, l'état du malade s'est aggravé ; les dents sont serrées ; les lèvres entr'ouvertes ; les traits crispés ; l'hémorrhagie nasale continue ; les paupières soulevées retombent comme par leur propre poids. La respiration est entrecoupée ; l'haleine fétide ; les extrémités froides et cyganosées ; mouvements involontaires ; agonie ; râle ; mort à six heures du soir.

Autopsie dix-huit heures après.

Aspect cadavérique. — L'abdomen est distendu et balonné ; le système veineux superficiel est tellement injecté, qu'on pourrait en étudier toutes les ramifications ; il y a peu de rigidité dans les membres.

Examen du bras. — La dissection des veines du bras fait voir que la médiane céphalique a été prise en travers par la lancette, et coupée dans presque tout son calibre. Il ne reste plus qu'un pédicule fort étroit à la partie postérieure. Au-dessus et au-dessous de la piqûre le vaisseau est tellement aminci, qu'on le dirait étranglé par une ligature. La céphalique est incisée jusqu'à l'axillaire ; la membrane interne est d'un rouge brun, et parsemée, dans divers points de son étendue, d'un pus qui y est déposé par gouttelettes et par plaques distinctes. Les trois tuniques sont évidemment enflammées et même épaissies. Ces phénomènes pathologiques cessent de s'observer à l'embouchure de cette veine dans l'axillaire qui est trouvée saine. La veine radiale offre les mêmes traces de lésion jusqu'à la partie moyenne de l'avant-bras, où l'inflammation paraît s'être arrêtée pour remonter par une recurrente radiale, présentant les mêmes désordres jusqu'à son anastomose vers la région cubitale, avec un rameau de la veine humérale. L'articulation huméro cubitale est trouvée parfaitement saine, ainsi que tous les tissus sousjacents à la veine ; le tissu cellulaire sous cutané est infiltré dans une assez grande étendue, celui qui enveloppe la veine est d'un rouge assez vif. L'articulation scapulo-humérale est presque dépourvue de fluide synovial ; on observe une sorte d'infiltration sanguine sur le sommet du cartilage d'incrustation de la tête de l'humérus. Dans le reste de son étendue, ce cartilage est sillonné par un nombre infini de petites artérioles. (*)

(*) Ce fait, dont la cause est assez difficile à apprécier, pourrait-

Crâne. — A l'ouverture de la boîte cranienne, une grande quantité de sang noir s'écoule du sinus de la dure-mère, il ne paraît pas y avoir d'adhérence entre la dure-mère et l'arachnoïde; cette membrane est injectée dans tous ses replis; elle paraît un peu épaissie en divers points; le cerveau a la consistance ordinaire; les ventricules n'offrent rien de particulier; le pointillé est presque partout assez marqué; le cervelet est sain.

Abdomen. — Les intestins sont distendus par des gaz; leur muqueuse et celle de l'estomac n'offrent aucune trace d'altération; tous les organes de cette cavité sont dans l'état le plus normal.

Thorax. — *Côté gauche.* La plèvre est injectée au point qu'on pourrait suivre jusque dans leurs ramuscules les plus ténus, les vaisseaux qui rampent sur cette membrane; il y a exhalation dans sa cavité d'environ huit à dix onces de sang presque pur et vermeil; on n'observe aucune adhérence.

Côté droit. — Cette partie de la poitrine est comme séparée en deux cavités par des adhérences; de même que du côté opposé il y a exhalation sanguine, mais un peu moins abondante.

Les poumons sont parfaitement sains; le péricarde contient quatre ou cinq onces de sérosité sanguinolente. Le cœur est normal, cependant toutes les valvules ainsi que la membrane interne de ses oreillettes,

---

être opposé aux auteurs qui nient l'existence de vaisseaux sanguins dans les cartilages.

offrent une coloration noire très-prononcée; ses cavités ne contiennent pas une seule goutte de sang.

Neuvième observation. — Pierre Hézembat, de Bordeaux, âgé de quarante-deux ans, d'une constitution sèche, le teint hâlé, la face ridée, usé par le travail, est reçu le 13 mai 1839, à l'Hôtel-Dieu, dans le service de M. Pereyra. Il est plutôt indisposé que malade, cependant une saignée est requise et faite au bras droit, deux jours après son entrée.

A l'apparition des premiers symptômes de phlébite, c'est-à-dire trois jours après, on eut recours aux sangsues sur le trajet de la veine et aux applications émollientes. Mais loin de s'arrêter, l'inflammation envahit tout le bras, et le mal prit en peu de jours un caractère si grave, que la vie du malade parut en danger.

Transféré le 20 mai, salle 11 nᵒ 17, (service de M. Chaumet, chirurgien en chef), Pierre Hézembat était dans l'état suivant :

Appareil digestif. — La langue est sèche à son limbe, rouge sur ses bords et à sa pointe; les lèvres, les dents et les gencives sont fuligineuses ; la soif est ardente ; l'anorexie complète ; l'épigastre douloureux surtout à la pression; l'abdomen est affaissé au point qu'on distingue aisément les pulsations aortiques, une constipation opiniâtre dure depuis neuf jours.

Appareil circulatoire. — Le pouls est petit et bat vite ; la peau est sèche et brûlante.

Appareil sécréteur. — Les urines sont rares et naturelles, leur émission est difficile, et nécessite même le cathétérisme.

Appareil sensitif. — Céphalalgie frontale, lancinante et continuelle ; divagation ; parole traînante ; voix éteinte ; sens émoussés.

Appareil locomoteur. — Cet état se complique d'une grande faiblesse ; le décubitus est constamment dorsal ; le malade même dans son délire est calme, et comme sans cesse sous une influence narcotique ; les rares mouvements qu'il exécute sont lents et pénibles.

État moral. — Le trouble des facultés intellectuelles ne permet pas au malade de comprendre la gravité de son mal ; dans ses moments lucides, il paraît profondément affecté.

Examen du membre malade. — Il est tuméfié, d'un rouge brun, et douloureux, surtout au niveau de la piqûre dont les lèvres sont béantes, et livrent passage à un liquide séro-purulent ; il y a œdème, sclérémie, induration depuis l'extrémité des doigts, jusqu'à la partie supérieure de l'humérus ; de larges phlyctènes s'observent dans divers points de cette étendue.

Trait. — Petit lait, 2 verres, avec addition de nitrate de potasse, 20 grains ; po' on avec sulfate de quinine, 10 grains ; deux vésicatoires camphrés aux cuisses ; lotions stibio-opiacées (aux doses déjà signalées) sur le bras malade.

A l'aide de ses moyens, les symptômes généraux s'améliorèrent ; l'inflammation du bras de nature essentiellement érysipélateuse parut se borner ; les tissus devinrent plus souples, ils jouissaient même d'une certaine flaccidité, résultat inévitable de la détuméfaction. Mais, cette amélioration ne fut que momentanée ; les symptômes s'exaspérèrent et leur exaltation était sous la dépendance immédiate des progrès de l'érysipèle, qui déjà recouvrait l'épaule, ainsi que la partie antérieure et supérieure du thorax. Remarquable par sa couleur lie de vin, et par le développement de phlyctènes qui suivaient son apparition, la phlegmasie marchait à vue d'œil. Le 26 mai, elle avait pour limites, la clavicule en haut, l'insertion sternale du grand pectoral en avant ; en bas, le bord de ce muscle et tout le membre supérieur droit.

Le 27, elle avait envahi tout le cou, et descendait en avant et en arrière du thorax jusqu'à la ceinture diaphragmatique.

Le 28, la langue est sèche, noire et écailleuse ; le pouls petit et accéléré ; des sueurs froides se remarquent particulièrement aux mains et à la partie supérieure du thorax ; la voix est éteinte ; on entend parfois quelques mots, jetés au hasard comme dans un rêve.

Trait. — On revient au sulfate de quinine qui était suspendu depuis deux jours ; deux nouveaux vésicatoires camphrés sont appliqués aux jambes.

Le 29 mai. — L'affaissement est plus grand que la veille ; le malade a à peine la force de mouvoir sa langue, elle est comme collée par des mucosités. A la constipation, succède une diarrhée abondante ; sur toutes les parties qu'occupe l'érysipèle, la desquammation a lieu ; mais sur l'épaule et le thorax, elle offre une variété bien digne de remarque. Ce ne sont plus des élevures qui se déposent, des écailles qui s'enlèvent, des plaques qui se détachent, ce sont des vésicules miliaires remplies de sérosité , véritables *sudamina* qui se crèvent et déposent sur les surfaces voisines, une sorte de poussière jaunâtre , comme si l'on eût saupoudré de fleurs de soufre, la partie antérieure de la poitrine.

Enfin, le 29 au soir, la prostration est à son comble; il y a de la carphologie; des soubresauts de tendon; les mains sont tremblantes; les extrémités froides; la respiration anhélense ; le pouls à peine sensible; la face crispée; les yeux demi-fermés et sans vie; mort dans la nuit.

Autopsie vingt-deux heures après.

Habitude extérieure. — Décomposition assez avancée; roideur des membres; sur les parties qu'occupait l'érysipèle; la peau est ridée et squameuse, elle offre encore en différents points des amas de cette matière pulvérulente qui a pris une teinte plus foncée. Si on ne l'eût observé pendant la vie, on serait porté à croire que des mouches ont déposé leurs larves sur ces parties ; le thorax sonore antérieurement, offre une matité évidente sur les parties latérales.

Examen du membre malade. — Les veines céphalique et basilique sont disséquées avec soin depuis l'épaule jusqu'au milieu de l'avant-bras ; elles viennent par une anomalie assez fréquente se réunir au pli du bras, pour former une médiane commune. C'est à leur confluent que la piqûre a été faite. Elle est encore largement béante au milieu d'un tissu cellulaire rougeâtre dont les lames sont distendues par deux à trois onces d'un pus séreux. Une large ecchymose sépare de la peau ce foyer périveineux. L'examen des veines n'offre de traces de phlogose, que dans l'étendue d'un demi-pouce environ au-dessus et au-dessous de la piqûre ; le tissu cellulaire d'enveloppe est gorgé d'une sérosité limpide, dans tout le reste du membre.

Les articulations huméro-cubitale et scapulo-humérale, ne contiennent pas de foyer purulent, comme dans le fait précédent ; cette dernière est d'une sécheresse remarquable, et presque entièrement dépourvue de synovie ; celle du côté opposé n'offre pas le même phénomène.

Crâne. — L'extérieur de l'organe encéphalique offre une injection veineuse manifeste. Les sinus de la dure mère sont gorgés d'un sang noir et séreux. Toute la masse cérébrale est ramollie, un peu de pointillé rouge s'offre dans des divers points de sa substance. Les ventricules contiennent très-peu de sérosité. Elle offre une légère teinte rosée.

Thorax. — Chaque cavité pleurale contient huit à dix onces d'un liquide séro sanguinolent. Les poumons sont parfaitement sains.

Il y a adhérence telle du péricarde au cœur, que l'incision faite à l'enveloppe séreuse a compromis la paroi antérieure de l'organe qu'elle protége. Mais cette adhérence complète antérieurement, n'est que partielle en arrière et en bas. Le fond de la poche contient à peu près une demi-once de sérosité sanguinolente. Les parois du cœur sont minces et ramollies à un tel point, qu'elles se déchirent presqu'au simple contact. Ses cavités sont gorgées d'un sang noir , séreux, et que l'on dirait mêlangé à une substance huileuse. Le sang contenu dans la veine cave supérieure, est de même nature et de même couleur. La membrane interne du cœur offre une teinte analogue, et semble, ainsi que le tissu musculaire qu'elle tapisse, s'être empreignée de la matière colorante noire, dont le sang est surchargé. Les valvules mêmes, presque toujours pâles, blanches, et souvent le siége de concrétions, participent à la teinte et au ramollissement du reste de l'organe.

Abdomen. — **Tous** les organes de cette cavité sont dans l'état normal ; la muqueuse gastrique n'offre que de très-légères traces de phlogose ; celles-ci sont surtout prononcées vers le pylore. Les intestins sont distendus par des gaz. Quelques plaques brunes s'observent vers la fin de l'intestin grêle. Le foie, la rate, les reins ne présentent aucune altération ; incisés dans divers sens, on n'y découvre pas une seule goutte de pus.

Dixième observation. — **J. Latreille**, âgé de soixante ans, marin, de Montauban, se présente à l'Hôtel-Dieu dans les premiers jours de Mai. Il est porteur d'une blépharite chronique qui ne l'eût pas conduit aux portes de l'Hôpital ; mais un violent coup de vent a failli le faire périr, a brisé son bateau, et il est désormais sans ressource... C'est au seul titre de malheureux qu'il demande à être admis.

Placé salle 14 (service de M. Pereyra), cet homme est en proie à une tristesse profonde ; il se plaint de céphalalgie, de douleur à l'épigastre, a un peu de diarrhée, enfin offre quelques symptômes de gastro-entérite... Il desire une saignée qu'on lui refuse d'abord ; mais il réitère sa demande , et la saignée est prescrite et pratiquée le 14 mai au bras droit.

Trois jours après , les lèvres de la plaie étaient encore béantes, et donnaient issue à une sérosité jaunâtre. Le pourtour de la piqûre était rouge, tuméfié et douloureux. Dans tout le trajet de la veine, on ne tarda pas à sentir un cordon dur, saillant et cependant profond. Les ganglions axillaires s'engorgèrent ; et malgré l'application de vingt sangsues à la partie interne du bras, les phénomènes phlegmasiques s'accrurent, envahirent tout le membre, et des symptômes généraux alarmants s'offrirent bientôt comme complication.

Cette affection , arrivée à ce degré cessant d'être, ou plutôt n'étant plus exclusivement du domaine médical, le malade fut transporté dans le service de chirurgie, salle 11 , nᵒ 21.

C'est là que je le vis pour la première fois ; il était dans l'état suivant :

Pouls plein , dur et agité ; peau brûlante et sèche ; extrémités inférieures froides ; langue râpeuse et couverte dans toute son étendue d'un enduit jaune très-foncé. Anorexie ; soif continuelle ; douleur épigastrique, sourde et profonde ; constipation depuis sept jours ; urines rares, mais naturelles ; leur émission est libre et facile ; céphalalgie frontale, gravative ; incohérence dans les idées ; délire vers le soir et pendant la nuit ; insomnie ; strabisme ; soubresauts des tendons ; abattement moral profond.

La douleur locale que le malade accuse dans ses

moments lucides, ne paraît pas en rapport avec la tuméfaction, l'induration, et la rougeur du membre. Depuis l'extrémité des doigts jusqu'à l'épaule, on ressent une fausse fluctuation qui indique que les tissus sous cutanés macèrent dans la sérosité, sans qu'il y ait encore de collection manifeste.

Trait. (1º Petit lait avec nitrate de potasse 20 gr. ; 2º potion avec extrait d'opium, 2 gr. ; sinaspismes aux pieds ; 4º lavements laxatifs ; 5º application de 20 sangsues au creux axiliaire ; cataplasmes sur les points enflammés.)

Sous l'influence de ces moyens, qui furent continués pendant six jours consécutifs, l'état du malade s'était sensiblement amélioré, et le 29 mai, la langue était devenue humide, la peau souple, le pouls régulier. Il n'y avait plus d'agitation, plus de délire ; les nuits étaient bonnes, et les yeux avaient repris leur expression habituelle. Mais la tristesse n'avait pas entièrement abandonné le malade.

Quant à l'inflammation locale, elle poursuivait sa marche ; le ramollissement avait succédé à l'induration, du pus s'était formé, et réuni en clapier vers le bord interne de l'avant-bras. Une ponction, en lui donnant issue, apporta au malade du soulagement et du repos.

On lui permet quelques aliments ; la dose d'opium est réduite à un grain ; rien n'est du reste changé au traitement.

1er juin. — Le malade paraît profondément affecté d'avoir vu mourir à ses côtés un malheureux qui est atteint du même mal que lui. Dès cet instant, l'agitation et l'insomnie reparaissent ; la fièvre, qui auparavant était continue, prend un type intermittent, et revient chaque jour vers une heure, débutant par frissons et sueurs froides, pour se terminer vers six heures du soir avec chaleur brûlante. Divagation et même délire.

La périodicité est attaquée par le sulfate quinine à la dose de douze grains ; vingt sangsues sont appliquées aux apophyses mastoïdes.

Le 2 juin, l'accès reparaît à la même heure ; mais il a moins d'intensité et surtout moins de durée.

On continue la médication.

Les 3, 4 et 5 juin, la fièvre a manqué ; l'état du malade est satisfaisant ; mais la suppuration a augmenté : le pus est plus séreux, et il existe autour de la piqûre un décollement d'un pouce à un pouce et demi de rayon, qui communique avec le foyer primitif.

Deux contre-ouvertures sont pratiquées dans les points les plus déclives, pour donner une libre issue à la suppuration qui est très-abondante.

6 juin, 7 heures du matin. — La nuit a été orageuse ; le malade, dans un accès de délire, s'est levé seul ; le pouls est plein, dur et vif ; la peau brûlante et aride ; la langue noire et comme enduite d'une couche de vernis. Il y a du trouble dans les idées, de l'égarement dans le regard.

On insiste sur le traitement.

A midi, nouvel accès avec frissons et sueurs froides.

A trois heures, langue noire et râpeuse ; haleine fétide ; respiration pénible ; aberration complète des facultés intellectuelles; engourdissement de tous les sens ; prostration générale : la suppuration est suspendue, les clapiers sont taris.

Continuation du traitement, et de plus, application de deux vésicatoires camphrés aux jambes ; sinapismes aux pieds.

7 juin, 8 heures du matin, mouvements spasmodiques des traits; soubresauts des tendons; carphologie.

A midi, sueurs froides, partielles ; extrémités glacées ; respiration entrecoupée; yeux ternes.

Trois heures, le membre malade est froid et bleuâtre ; tout annonce une fin prochaine ; le malade expire pendant la nuit dans les convulsions de l'agonie.

Autopsie dix-huit heures après la mort.

Aspect extérieur. — Commencement de décomposition, roideur des membres, affaissement des parois abdominales, teinte livide de toute la surface du corps. La plaie du bras est fétide, la peau qui l'entoure est sphacelée dans l'étendue de trois pouces sur le bras, et de six sur la face antérieure de l'avant-bras. Postérieurement et en haut, le bras présente des saillies irrégulières formées par une sorte de condensation du tissu cellullaire sous cutané; elles contournent toute la partie postérieure, et sont séparées par des sillons de profondeur variée, qui paraissent dépendre de la compression continue, irrégulièrement exercée par les appareils sousjacents.

Dissection des veines. — La peau du bras et de l'avant-bras est décollée antérieurement dans une grande étendue; dans le reste du membre, elle est d'une adhérence telle au tissu cellulaire sousjacent, qui, lui-même, est lardacé, qu'elle ne peut que très-difficilement en être détachée. La couche aponévrotique est détruite antérieurement ; les tissus musculaires superficiels sont verdâtres, ramollis, et comme macérés dans un *ichor* fétide. C'est au milieu de ces foyers de décomposition, que rampent les veines superficielles. Disséquées avec soin, voici ce qu'elles ont offert à l'observation :

La médiane céphalique avait été piquée au moment où elle se bifurque, pour former la radiale et la médiane commune. Son ouverture, de grandeur moyenne, longitudinale, est encore béante au centre du foyer purulent. Incisée jusqu'au point où elle s'engage entre les muscles grand pectoral et deltoïde, nous l'avons trouvée rouge extérieurement ; une inflammation adhésive s'était faite un pouce au-dessus de la piqûre, et oblitérait le vaisseau dont la membrane interne était saine dans le reste de son étendue ; inférieurement, nous avons observé, qu'à partir de la piqûre jusqu'au tiers moyen de l'avant-bras, les tuniques veineuses participaient à la décomposition des tissus ambiants ; elles étaient comme eux, noires, ramollies, sphacelées au point, qu'on pouvait à peine les distinguer ; mais arrivés au tiers moyen de l'avant-bras, c'est-à-dire, vers la limite inférieure du décollement et du sphacèle, nous avons vu clairement cette sorte de pulpe, qui, un peu plus haut, tenait lieu de veine, s'engager dans un tissu cellulaire lardacé, lui formant une sorte de gaîne fibreuse, et là, se transformer en un vaisseau à parois denses, épaisses, d'un blanc nacré, criant sous le scapel, et offrant un calibre béant qui la ferait prendre pour une artère.

Passant à l'examen de la veine basilique, que nous ne sommes parvenus qu'avec difficulté à séparer des tissus environnants, auxquels elle était intimément adhérente, nous l'avons trouvée réduite dans sa portion médiane seulement, en une pulpe molle et noirâtre. Un peu plus haut, ses parois épaissies la rendaient béante; sa tunique interne était d'un rouge brun, et semée de gouttelettes de pus. Enfin, depuis le tiers supérieur du bras, jusqu'au niveau de l'aisselle, l'inflammation avait déterminé son oblitération complète, et elle n'offrait plus qu'un cordon dur, et sans calibre, que l'on dirait être de nature fibreuse. Au-dessus de ce point, et jusqu'à son embouchure dans l'axillaire, c'est-à-dire, dans l'étendue d'un pouce à peu près, la veine a repris sa forme normale, et ses parois saines, sont distendues par un sang noir et séreux.

Les articulations huméro-cubitale et scapulo-humérale, ne sont pas le siége de foyers purulens. Comme dans les deux cas qui précèdent; la scapulo-humérale est entièrement dépourvue de fluide synovial; en revanche, l'articulation du coude en est abondamment humectée.

Crâne. — Les sinus ne contiennent que fort peu de sang; l'extérieur du cerveau ne présente aucune trace d'altération. Détaché de la boite osseuse, on observe avec étonnement que tout l'hémisphère droit est pulpeux, ramolli, diffluant, tandis que l'hémisphère gauche a sa consistance normale. L'intérieur de l'organe n'offre du reste rien à signaler.

Thorax. — Les poumons sont sains; le cœur ramolli et gorgé d'un sang noir et séreux. Le péricarde contient trois à quatre onces d'une sérosité noirâtre. Six onces environ d'un liquide de même couleur et de même nature sont épanchées dans chaque cavité pleurale.

Abdomen. — Le foie est normal; la rate très-petite, diffluante et visqueuse, semblable à de la lie de vin.

La muqueuse gastro-intestinale est pâle et parfaitement saine.

Les reins et la vessie n'offrent aucune trace de lésion.

RÉFLEXIONS.

I.

Il résulte de ce qui précède, que la plupart des saignées faites à l'Hôpital-Saint-André, pendant les mois de mai et juin dernier, ont donné lieu à des accidents inflammatoires. Plusieurs, enrayés dès leur début, ne figurent pas dans ce travail; trois y sont signalés sous le titre de *phlébites légères;* quatre ont été suivis de guérison, après avoir offert les symptômes les plus graves; trois, enfin, se sont terminés par la mort.

Causes. — S'il ne s'agissait que d'un seul cas de phlébite, il ne serait pas déraisonnable de l'attribuer à une saignée faite par une main inhabile, à la malpropreté d'une lancette, ou à l'oubli des précautions né-

cessaires pour favoriser la réunion immédiate des lèvres de la plaie ; mais, quand dans le service d'un grand
Hôpital, on n'a pas observé de phlébite depuis plus
d'une année, et que tout à coup, dans le court espace
de deux mois, il s'en présente un aussi grand nombre,
il faut évidemment remonter à une autre cause......
Nous ne nous arrêterons pas à la rechercher, de peur
de nous renfermer dans les mots de constitution atmos-
phérique, de miasmes, de principes délétères, sans ja-
mais sortir de l'obscurité qui enveloppe l'étiologie de
toutes les affections épidémiques.

Nous nous bornerons à remarquer, que dans les cas
qui nous occupent, la phlegmasie a paru marcher de
l'extérieur à l'intérieur; que la piqûre de la peau a été
son point de départ; qu'elle a commencé par offrir tous
les symptômes de l'érysipèle, et que, favorisée dans ses
rapides progrès, par la continuité de surface que semblait lui offrir la piqûre encore béante de la peau et de
la veine, elle s'est bientôt propagée à la tunique interne
du vaisseau; constituant alors une phlébite qui n'était
en quelque sorte que la continuation de l'affection première, qu'un *érysipèle veineux;* en donnant au mot érysipèle, toute l'extension qu'Hippocrate lui avait ac-
cordée.

La plupart des auteurs qui se sont occupés de l'inflammation des veines, en parlent comme d'une phlegmasie primitive, produite par des causes variées ; cependant, on trouve une observation, d'après laquelle
la phlébite de toutes les veines du bras aurait été occa-
sionée par des angelures aux mains ; elle appartient à

M. Ribes, qui, dans un mémoire publié en 1825, dans la Revue Médicale, sous le titre : *d'Exposé succinct des Recherches sur la phlébite* , s'exprime en ces termes :

« Dans les nombreuses recherches que j'ai faites
« à ce sujet, je suis resté convaincu que l'érysipèle a
« essentiellement son siége dans les veines capillaires ;
« l'inflammation s'étend même alors, jusqu'aux bran-
« ches qui ont assez de grosseur pour être disséquées
« par nos instruments ordinaires. »

S'il en est ainsi, et cette pensée a été reproduite depuis par M. Cruveilher, et appliquée, non seulement à l'é-rysipéle, mais même à toute inflammation de quelque nature qu'elle soit ; doit-on s'étonner de la coïncidence de ces deux affections, et de la liaison intime, qui, dans quelques cas, paraît exister entre leur développement ?

C'est donc moins une épidémie de phlébite, qu'une épidémie d'érysipèle qui a régné pendant deux mois à l'Hôpital-Saint-André. Deux cas d'angéioleucites, dont l'un suivi de mort, et les nombreux érysipèles qui, à la même époque, se développaient, les uns spontanément et par cause interne, d'autres à la suite d'une opération, et comme complication d'ulcères ou de plaies, même les plus légères, viennent à l'appui de cette pensée, et expliquent comment dans un si court espace de temps, une opération, aussi familière et bénigne que la saignée, a pu être suivie d'accidents aussi nombreux et aussi graves.

II.

Symptomatologie. — Quelle que soit l'influence qui

ait présidé au développement de ces phénomènes morbides, quelle que soit la marche qu'ils aient suivis, jetons un coup d'œil rapide sur ce qu'ils ont offert de spécial, étudions-les dans leur ordre de succession, et tâchons surtout d'apprécier leurs liaisons directes ou sympathiques.

Première période —Chez neuf malades, sur dix qui ont été signalés, deux ou trois fois vingt-quatre heures se sont tout au plus écoulées entre la phlébotomie et l'apparition des premiers symptômes inflammatoires; un seul, à l'égard duquel on se reposait dans une sécurité trompeuse, fondée sur la cicatrisation complète de la piqûre extérieure, n'a offert, qu'après huit jours, des symptômes de phlébite. Pour expliquer ce fait, doit-on recourir à la constitution, à l'idiosyncrasie de l'individu, ou n'est-ce qu'une de ces variétés de légère importance, qui n'est même pas susceptible d'interprétation? Pour moi, loin d'y attacher aussi peu de valeur, je crois y voir une différence de plus entre la phlébite primitive et la phlébite secondaire. En effet, dans tous les autres cas, la piqûre faite à la peau a été le point de départ de l'inflammation; aussi ses premiers phénomènes se sont-ils manifestés après deux ou trois jours au plus : dans celui-là seul, la phlogose a débuté par la veine, la phlébite a été primitive, et comme dans presque tous les cas de même nature, il y a eu huit jours d'intervalle entre la saignée et l'invasion apparente de la phlegmasie. Je dis *apparente,* car la rapidité et la violence avec laquelle les symptômes se sont succédé chez ce malade, font penser que la phlébite existait déjà, mais à notre insu ; que la plaie de la peau était seule cicatrisée, et que celle de la veine était le siége d'un travail phlegmasique qui se faisait sourdement dans une étendue circonscrite, et n'a fait explosion au dehors, qu'au bout de huit jours.

A part cette variété d'invasion, la phlébite, dans sa première période, s'est offerte chez tous les malades sous un aspect à peu près identique.

Ce serait inutilement alonger ce travail, que retracer ici des symptômes qui se sont déjà tant de fois reproduits. Deux seulement méritent notre attention ; examinons-les :

Et d'abord, que penser de cette trace rouge qui s'observe le long du trajet d'une veine enflammée? Plus haut, j'ai déjà émis une idée sur sa valeur sémeïotique, tâchons d'établir maintenant, à quelles conditions elle la possède.

Pour devenir signe certain et irrévocable de phlébite, il faut que cette trace rouge forme un cordon dur, rénittent et douloureux, qu'elle offre en un mot cette sensation particulière qui indique que c'est la veine, elle-même, rouge et tuméfiée, qui fait saillie au travers des téguments ; il faut enfin, qu'elle soit accompagnée de cette douleur intérieure et lancinante, qui défend au malade le plus léger mouvement de la partie. Sans ces conditions, ce symptôme, comme je l'ai fait entrevoir déjà, appartient tout aussi bien au panaris, à la lymphatite idiopathique ou symptomatique, et cesse d'être le signe essentiel de l'inflammation du système veineux.

Il est un autre symptôme qui se retrouve sans doute dans la phlébite au deuxième degré, mais qui dans les cas observés par nous, s'est constamment offert dès le début de la maladie. C'est l'œdème du membre affecté. Sans invoquer avec les auteurs, pour l'expliquer, l'obstruction des vaisseaux veineux, qui évidemment ne peut encore avoir eu lieu à cette période; sans avoir recours à la stagnation de la sérosité dans les tissus par défaut d'absorption veineuse, ne pourrait-on pas y voir une modification de la phlogose tendant à produire une augmentation de sérosité? Ce serait, qu'on me passe l'expression, une *sérosité inflammatoire,* une sérosité qui, subissant les diverses périodes de l'inflammation, éprouverait les transformations successives de fluide puriforme et de pus véritable. L'œdème cesserait alors d'être un phénomène essentiellement passif et serait dans la phlébite, ce qu'il est dans le phlegmon et dans certains érysipèles, c'est-à-dire l'expression d'un mode inflammatoire particulier.

L'inflammation de la veine a commencé par être out à fait circonscrite autour de la piqûre, puis elle a pris une extension progressive, mais qui cependant n'est pas encore assez grande pour porter le trouble dans 'organisme tout entier. Si arrivée à ce point, elle s'arrête; prognostic favorable, et guérison rapide, comme on a pu l'observer dans quelques-uns des cas signalés; si au contraire elle poursuit sa marche, la limite de la première période est franchie, et alors que se passe-t-il?

Deuxième période. — Le premier de tous les phénomènes est l'exaltation de la phlegmasie dans l'éten-

due du vaisseau qu'elle a déjà envahi. La tunique interne qui n'était encore que rubéfiée prend une teinte
brune très-prononcée, se ramollit, s'ulcère dans un ou
plusieurs points, une première goutte de pus est sécré-
tée et entraînée aussitôt dans le torrent sanguin. Peut-
être elle seule serait-elle insuffisante pour altérer toute
la masse du sang et produire les graves désordres dont
nous avons été témoins; mais la pyogénie continue, et
chaque ondée sanguine emportant avec elle un nouvel
élément d'infection, contribue par son contact avec les
parois vasculaires, à la propagation rapide de la phlogose, dans une étendue plus ou moins grande de l'ar-
bre veineux, et ne tarde pas à porter le trouble dans
toutes les fonctions organiques.

Quelquefois il arrive qu'une inflammation adhésive
se fait au-dessus de la surface d'où s'exhale le pus, avant
que la contamination du sang soit encore portée à un
haut degré. Dans ces cas heureux, le malade doit son
salut à l'oblitération du vaisseau, véritable digue oppo-
sée par la nature à l'infection générale. Dans le cas
contraire, l'exhalation du pus devient de plus en plus
abondante, et des symptômes de résorption ne tardent
pas à se manifester.

Les agents d'innervation du système vasculaire et
du cœur en particulier, étant les premiers à recevoir
l'impression fâcheuse et insolite d'un sang chargé de
principes délétères, il en résulte de leur part une sorte
de réaction qui s'exprime chez la pluspart des malades par le frisson fébrile; chez d'autres par des nausées,
des défaillances, des anxiétés précordiales; enfin chez

quelques-uns, ces symptômes réunis annoncent le début de l'intoxication. C'est du moins ce que nous avons observé. Chaque système organique se trouvant à son tour influencé péniblement par l'abord de ce fluide délétère, est troublé dans l'exercice normal de ses fonctions, et c'est ce trouble général qui, à cause du type particulier qu'il affecte, a reçu le nom d'*état typhoïde*.

La fixité du regard, la stupeur, l'hébètement du malade en est le premier caractère. S'il y a du délire, il n'est que partiel surtout au début de l'affection. Par des questions bien faites, on se fait comprendre des malades, on en obtient même des réponses assez justes; mais pour peu que leur attention soit trop longtemps fixée, la divagation, et même le délire ne tarde pas à reparaître avec une intensité nouvelle, mais sans perdre le type qui le caractérise. Ainsi ce n'est pas le délire furieux et surtout continu de l'encéphalite aiguë, ce n'est pas l'abolition, ni même l'aberration constante de l'intelligence qui pourrait être considérée comme la traduction fidèle de lésions profondes dans l'organe de la pensée, c'est une suspension momentanée des facultés intellectuelles qui exprime un dérangement dans l'exercice normal des fonctions cérébrales; une lésion purement physiologique.

Bientôt la langue devient vacillante, les membres tremblants. On observe des soubresauts dans les tendons; de la carphologie; les muscles de la face se contractent irrégulièrement, tout annonce enfin, non pas une lésion de la moelle qui se traduirait par des symptômes bien différents, mais une lésion fonctionnelle de cet organe.

Toujours sous la même influence, les urines deviennent rares, leur émission difficile; on a recours au cathétérisme; les sécrétions intestinales se font mal; constipation opiniâtre au début de la maladie; diarrhée abondante, fétide, selles involontaires vers sa fin, et pour ne pas abandonner les sécrétions, cette disposition phlycténoïde, ces sudamina que nous avons observés, ces sueurs froides et partielles que l'on retrouve chez tous les malades, ne prouvent-elles pas une tendance de l'organisme à e débarrasser d'un élément morbide qui le trouble dans l'accomplissement de ses actes?

Enfin, une respiration courte, pénible, entrecoupée, ne tarde pas à annoncer qu'un sang mêlangé à des produits morbides, est en contact avec les poumons, et les rendent impropres aux fonctions essentielles qui leur sont dévolues.

Système vasculaire, cérébral, rachidien; sécrétions urinaires, intestinales, cutanées; respiration, hématose; toutes les fonctions physiologiques de l'organisme ont successivement été perturbées; que se passe-t-il de plus?

Ces désordres fonctionnels vont toujours croissant; le sang continue à recueillir au passage des molécules purulentes qui l'altèrent de plus en plus; enfin, il devient si pauvre et si fluide, que ses vaisseaux même, ne peuvent plus le contenir, qu'il transude par toutes les muqueuses, aussi, est-ce à cette période, que s'observent les hémorrhagies du nez, des gencives, et de la langue. Cet enduit noirâtre, luisant et déssèché qui la recouvre, et qui semble être le miroir dans lequel se réfléchit le tube digestif tout entier, n'est pas, comme le prouvent les nécropsies, un symptôme de gastro-entérite intense, mais une transudation d'un sang trop fluide, qui se dessèche presqu'au même instant où il apparaît, par gouttelettes, sur la muqueuse linguale; enfin, il arrive bientôt à un tel degré d'altération et de fluidité, que le cœur n'a plus la force de se contracter, que le pouls devient faible et à peine sensible; le malade tombe dans un coma profond, et à la gêne de toutes les fonctions organiques, succède leur suspension complète, la mort!!

III.

Anatomie pathologique.

1° *Examen du membre malade*. — Dans les trois nécropsies qui ont été faites, l'altération des téguments n'a rien offert qu'on n'ait pu remarquer dans le courant de la maladie. Le tissu cellulaire présentait dans ses divers points, presque tous les degrés d'inflammation. Ici, il n'était que rubéfié, et ses mailles contenaient un sang assez pur; là, il macérait dans une sérosité, tantôt limpide, tantôt puriforme; plus loin, il servait de parois à un clapier purulent toujours placé dans les environs de la piqûre; enfin, sa nature avait subi des transformations telles, qu'il était ou dense et lardacé, ou réduit en un putrilage fétide.

Un seul des trois sujets a offert une désorganisation assez étendue de l'aponévrose, ainsi que de la couche musculaire sousjacente. L'articulation du coude qui, si souvent en pareil cas, participe à la lésion, et a été trouvée remplie de pus, était ici, parfaitement saine. La scapulo-humérale du même côté, s'est constamment offerte sèche, et dépourvue de fluide synovial. Peut-être ce phénomène nécroscopique est-il le résultat de la phlébite; je n'ai pas encore assez de faits pour oser l'affirmer.

2° *Dissection des veines.* — Deux fois, la céphalique avait été piquée au point de sa bifurcation, et une fois la basilique; leurs piqûres, dont deux obliques et une transversale, étaient largement béantes; chez le sujet de la huitième observation, les trois tuniques de la veine céphalique étaient manifestement enflammées; l'interne était tapissée par une couche de pus concret, jusqu'à son embouchure dans l'axillaire. La basilique était exempte d'altération. Dans ce cas, laviciation du sang s'est faite évidemment comme nous l'avons signalé à l'article *symptomatologie,* par le mêlange d'un pus formé sur place, avec le courant sanguin. D'autre part, nous avons trouvé (observat. n° 10) la veine piquée, oblitérée par inflammation adhésive, un pouce au-dessus de la piqûre, tandis qu'inférieurement, et jusqu'à l'articulation radio-carpienne, elle présentait des traces d'inflammation à tous les degrés, tels que ramollissement, sphacèle, épaississement de ses parois; altérations qui étaient reproduites dans la basilique collatérale. Ce fait n'est encore que la tra-

duction de ce que nous avons dit à propos du méca-
nisme de la guérison par inflammation adhésive des
parois veineuses. Ici, l'adhésion a eu lieu, l'inflammation a été arrêtée dans sa marche; aussi a-t-on re-
marqué dans la maladie une période d'amélioration
bien sensible, un temps d'arrêt véritable. Mais les
symptômes typhoïdes ont bientôt reparu, et la mort
qui les a suivis de près, n'est due qu'à la rétrocession
de l'inflammation, et à son développement rapide dans
une veine collatérale. Binjamin Travers et Abernéthy,
citent quelques faits, dans lesquels la phlébite a suivi
une marche ascendante; ce sont, je crois, les seuls
que la science possède jusqu'à ce jour.

Enfin, dans une troisième nécropsie, les traces d'inflammation étaient tout à fait circonscrites autour
de la piqûre; mais celle-ci était béante au milieu d'un
foyer purulent qui enveloppait la veine. En pareille
circonstance, on ne peut douter, ce me semble, par
suite des propriétés aujourd'hui bien reconnues des
vaisseaux veineux, qu'il y ait eu une véritable résorption sur place. Ce qui a été observé pendant la vie,
comme après la mort, vient à l'appui de cette pensée,
et du reste, on possède de nombreux faits de ce genre.

3° *Cavités.* — Dans aucune des trois nécropsies, le
cerveau n'a offert de traces de lésions, que l'on puisse
directement rattacher à la phlébite. Dans une seule,
l'hémisphère droit était pulpeux et diffluent : le gauche ayant sa consistance normale; c'est un fait remarquable, mais d'une explication difficile.

Les cavités pleurales contenaient chacune dans les

trois sujets, une égale quantité d'un sang noir et ténu (cinq à six onces environ). Ce phénomène paraît tenir aux mêmes causes que les hémorrhagies du nez, des gencives et de la langue.

Même remarque doit être faite au sujet du péricarde.

Constamment nous avons trouvé les cavités du cœur, gorgées d'un sang noir et séreux.

Le ramollissement très-prononcé de cet organe, avec complication d'adhérence complète au péricarde (observat. n° 9), nous fait demander si la cardite était la conséquence de la propagation de la phlébite aux cavités droites du cœur, si elle en était indépendante, ou bien enfin, si elle était due à une décomposition tenant à la viciation des fluides pendant la vie. C'est une question très-difficile à résoudre ; cependant la dernière supposition me paraît la plus probable,

Les traces bien légères de phlogose offertes par le tube digestif, ne s'accordent nullement avec les altérations que l'on a si souvent rencontrées, et qui ont fait dire jusqu'à ce jour, à la plupart des auteurs, que la fièvre typhoïde n'était qu'une gastro-entérite, qu'ils ont qualifiée successivement d'ataxique ou d'adynamique, selon la prédominance de tel ou tel genre de symptômes.

Enfin, une des choses les plus importantes à signaler, c'est que l'on n'a pas trouvé une seule goutte de pus dans les articulations, les reins, le foie, la râte, les poumons même, bien que les abcès dits métastatiques se soient rencontrés un si grand nombre de fois à l'occasion de la phlébite, qu'ils ont été considérés comme faisant partie intégrante de son histoire.

On connaît les discussions qui se sont élevées, pour savoir si l'on doit attribuer ces abcès à une inflammation sympathique, à une phlébite capillaire locale, ou à une résorption purulente. Il y a des preuves faciles à donner pour chacune de ces trois opinions qui sont vraies, en ne les appliquant qu'aux catégories qui leur appartiennent.

IV.

Traitement. — Le traitement de la phlébite doit être divisé en deux parties bien distinctes : la première correspond à l'époque où l'affection est encore purement locale ; la seconde date du moment où elle se complique d'accidents généraux et de réactions sympathiques graves.

Première période. — Parmi les différentes méthodes préconisées, trois ont été choisies ; l'une consiste dans la combinaison des saignées locales, et des applications émollientes : dans l'autre, se rangent les frictions mercurielles et la compression ; dans la troisième, les lotions stibio-opiacée et les antiphlogistiques.

Pour apprécier à leur juste valeur ces divers modes de traitement, examinons leurs effets :

Dans la phlébite, à son début, des applications réitérées de sangsues ont été faites autour de la piqûre, où le long du trajet de la veine. On a observé généralement qu'elles étaient suivies d'assez peu d'amélioration. C'est peut-être à tort, que l'on redoute l'emploi des saignées générales ; il n'est pas probable qu'elles seraient suivies du même accident, et peut être éviteraient-elles la propagation si rapide de l'inflammation ?

L'usage des cataplasmes laudanisés ne paraît pas sans avantages ; mais ne doit pas faire renoncer à des bains locaux, souvent répétés. C'est à eux surtout qu'on doit la guérison des malades qui font le sujet des quatre premières observations.

Après l'application des antiphlogistiques locaux, on a employé avec bonheur les frictions mercurielles, à la dose d'une ou deux onces par jour, sur les points enflammés. Lorsque le ptyalisme est survenu, il a été une garantie sûre de la guérison.

La compression peut être avantageuse au début de la maladie, ou tout à fait à sa fin ; pût-elle être supportée, quand l'inflammation est à son *summum* d'intensité, et qu'elle a envahi tout le membre, je doute qu'alors même elle fût applicable.

Quant aux lotions stibio-opiacées, il faudrait, pour juger de leur efficacité, les voir employer sans le secours d'autres moyens ; si elles doivent être avantageuses, c'est surtout quand la phlébite a revêtu, comme en cette circonstance, les caractères de l'érysipèle.

Deuxième partie. — Là, ne s'arrête pas tout ce qu'il y a de local dans le traitement de la phlébite ; quelle que soit la méthode adoptée, elle doit être poursuivie jusqu'au moment où l'inflammation a parcouru toutes ses périodes, et c'est alors surtout qu'il convient de surveiller son mode de terminaison. J'ai déjà dit ce qu'il fallait penser des incisions en pareil cas, je n'y reviendrai pas; j'ajouterai seulement, qu'elles deviennent indispensables quand la période de suppuration est arrivée, quand des clapiers existent, et que les téguments sont décollés.

Tel est, en deux mots, le traitement local de la phlébite au deuxième degré.

La médication, à opposer aux symptômes généraux, n'offre que bien peu de ressources, en raison de l'altération des fluides et de l'ignorance où nous sommes encore, des moyens les plus propres à la combattre. C'est en vain, qu'on lui opposerait des toniques à hautes doses, des diurétiques de toute espèce, des sudorifiques, des antiseptiques, des calmants, des révulsifs sous toutes les formes; que pourra-t-on espérer, si la source du pus n'est pas tarie? et en supposant même, que l'on arrête cette cause incessante d'infection du sang, quelle difficulté n'aurait-on pas à le purger de sa souillure? C'est aux efforts de l'organisme qu'il faut alors accorder toute sa confiance; chacune des séries des moyens thérapeutiques ci-dessus mentionnés, ne peut servir qu'à seconder les phénomènes critiques d'expulsion du principe délétère.

Ce serait donc inutilement alonger ces considérations, que d'entrer dans de nombreux détails sur le traitement de la phlébite à sa seconde période, qui, partout est indiqué, et partout de la même manière.

D'après ce que nous avons vu, telle médication ne

paraît pas l'emporter sur telle autre, et ce même mode de traitement qui a réussi dans quelques cas où l'infection était à son début, si toutefois elle existait, a échoué, et échouera toujours dans une période plus avancée de la maladie.

En résumé, je crois qu'une phlébite attaquée dès le principe par des saignées locales et *générales*, des cataplasmes laudanisés, des bains, et *surtout des frictions mercurielles à haute dose*, doit céder rapidement ; mais pour peu qu'on laisse à l'inflammation le temps de prendre le dessus, vient un moment où on ne peut plus la maîtriser, et alors, se confirme cette pensée de M. Cruveilher : « Une fois que « la suppuration est établie, une fois que le pus est en « circulation avec le sang, la médecine ne peut plus « rien, et doit reconnaître son impuissance ».